川端茅舎の百句

岸本尚毅

「花鳥巡礼」の謎

ふらんす堂

目次

編集付記

一．句の出典の表記については、句集収録句の場合にも、原則として「ホトトギス」「俳句研究」等雑誌の初出を優先した。

二．文献の引用にさいしては、原文が歴史的仮名遣いの場合、原則として現代仮名遣いに改めた。

川端茅舎の百句

藪寺の軒端の鐘に吹雪かな

「ホトトギス」
大四・二

1

課題句「雪」の入選句。このとき茅舎は十七歳。

山中の寺を山寺というように「藪寺」は竹藪に囲まれた寺か。諸堂が散在する大規模な伽藍ではなく、本堂だけのこぢんまりとした寺であろう。「軒端の鐘」とは風鐸のような、堂の軒端に吊られた鐘を想像する。雪は藪を吹き越え、吹き抜け、軒端の鐘に吹きつける。

ふくやかな乳に稲扱く力かな

「ホトトギス」
大四・十二

2

稲を扱く農婦の姿を描写した。「ふくよか」でなく「ふくやか」としたところ、柔らかな中に力強さを感じる。「ふくやかな乳」は卑俗に堕ちかねないが、「稲扱く力」といったことで句は農業の現場の厳粛さを帯びる。このとき茅舎は十八歳。農婦の肉体の持つ豊かな母性への憧憬があったと考えてもおかしくはない。

肥船や白帆つらねて麦の秋

「ホトトギス」
大六・八

3

肥桶を運ぶ「肥船」に切字の「や」を添えたところは大胆。「白帆つらねて麦の秋」は心地よい。「麦の秋」で句の空間が広がる。「肥船」の卑俗と「白帆つらねて麦の秋」の雅趣との落差から俳味が生れる。

昭和十三年には「砂利船の犢鼻褌《ふんどし》の帆も青嵐」と詠んでいる（岩下鱧『茅舎浄土巡礼』）。

8－9

躓きし石生きてとぶ枯野かな

「雲母」
大七・一

4

躓いて蹴った石を「生きてとぶ」と詠んだ。聖書の「躓きの石」を意識した可能性はないだろうか。「躓きの石」に躓くことが人を信仰に導くのだが、この句では躓いた石に生命が宿る。「枯野」は聖書の「荒野《あらの》」に通じる。この年、茅舎は「新しき村」の村外会員になっている。武者小路実篤などの影響で、茅舎が聖書に触れていたとすれば、この句はさらに面白い。

達磨忌や僧を眺めて俳諧師

「ホトトギス」
大十三・五

達磨忌を修する僧を眺めているのは「俳諧師」。この俳諧師を仲間の俳人と解してもよいが、茅舎が自身を「俳諧師」と自称したと解したい。

仏道に志を持ちながら俳句に執心する自分。あわよくば達磨忌を句に詠もうとする句作の欲に囚われた自分。「僧を眺めて」とは、仏道と距離を置いているのだ。そのような己を自嘲気味に「俳諧師」と詠んだのかもしれない。

囀や拳固くひたき侍者惠信

「ホトトギス」
大十三・八

6

「恵信」は寺の小僧の名（※）。「拳固くひたき」とは、叱られるのがわかっていても粗相をするのだろう。「囀や」は、そんな小僧を温かく見守る心持ちだろうか。

※「時雨の名を聞くと胴震するほど寒さが恐ろしいのです。朝飯を食う小僧の恵信は指がかじかんで満足に箸が持てないのです、おまけに腹が震えていて食えません。急げば急ぐ程震えて可哀そうです。」（「ホトトギス」大正十四年二月号、茅舎の虚子宛書信より）

春の夜や寝れば恋しき観世音

「ホトトギス」
大正十三・九

7

茅舎二十七歳。春の夜に「寝れば恋しき」と詠む対象は当然、母や恋人だろうと読者は思う。ところがそれを覆すかのように下五は「観世音」である。修行の身は寝ても覚めても仏を思うのだが、「寝れば恋しき」は必ずしも修行の一念とはかぎらない。観世音の慈悲にすがる気持ちが、恋に似た慕情となっている。

侍者恵信糞土の如く昼寝たり

「ホトトギス」
大十三・十一

8

雑詠巻頭。「侍者恵信」は「囀や拳固くひたき侍者恵信」に登場する小僧。「侍者」とは「禅寺で師や長老に仕えて雑用を務める弟子」。「糞土」とは「くさった土。ぼろぼろの土。きたないもの。いやしむべきもの」。

疲れ果てて眠る寺の小僧に対して「糞土」とは、逆説的な慈愛の表現であろう。茅舎の「如し」の中でも「糞土の如く」は鮮烈である。なお「論語」由来の慣用句に「糞土の牆《しょう》は杇《ぬ》るべからず」（怠け者には教育する甲斐がない）がある。

18 — 19

しぐるゝや僧も嗜む実母散

「ホトトギス」
大十三・十一

9

雑詠巻頭。実母散は江戸時代から伝わる煎じ薬。更年期障害、冷え性、月経不順などの婦人の諸症状に効能があるという。それを僧が服用する。「しぐるゝや」とあるので冷え性への対策か。

「嗜む」は愛用するという意味。婦人用の薬を嗜む僧とは、一日中寒い堂の中にいて冷え性に悩む弱々しい人物を想像する。

露径深う世を待つ弥勒尊

「ホトトギス」
大十四・一

露の径を深く分け入った堂で、衆生を救済すべき未来の訪れを待ち続けている弥勒。市井に身を隠すこの仏は途方もない待ち時間を宿命づけられた未来仏である。

　この句からは、弥勒の未来仏としてのたたずまいが感じられる。「深う」は、露の湿りの濃さ、径の奥まっていることに加え、弥勒が現世から深く身を隠していることをも思わせる。

この頃や寝る時月の手水鉢

「ホトトギス」
大十四・一

11

いつも決まった時刻に床につく。ふと手水鉢に目をやると、月の光がさしている。月は手水鉢を明るく照らしている。あるいは水面に月が映っている。

手水鉢にさす月光を確認することが「この頃」の習慣となっている。日々の暮らしの質朴なさまが垣間見える。

行楽の眼に柿丸し赤や黄や

「ホトトギス」
大十四・二

12

童画を思わせる。行楽の人々の眼に柿が映る。どう映るかといえば「丸し」さらに「赤や黄や」。赤い実もあれば黄色い実もある。

「行楽の眼」は秋の好日を楽しむ人々の「眼」と解したい。そんな人々は柿を見て素直に「丸し」と眺め、その色のままに「赤や黄や」と眺める。そんな幸せそうな人々の様子を、茅舎は莞爾と眺めている。

院々の肉煮ゆる香や夕紅葉

「ホトトギス」
大十四・二

13

夕方、寺の中のあちこちの院で肉の煮える香がする。それをたんたんと「夕紅葉」で受け止めている。表立って批判したり揶揄したりしてはいないが、肉食をする寺の実態を冷ややかに眺める気持ちもありそうである。「院々」とあるので比較的大きな寺であろう。それゆえ夕紅葉もいくぶん俗っぽい。

蜩や早鼠つく御仏飯

「ホトトギス」
大十四・二

14

蜩の鳴く日暮、夜にはまだ間があるが、仏前の飯を鼠が食い荒らしている。

茅舎には「鼠らもわが家の子よ小夜時雨」という句がある。掲句も鼠をさほど迷惑がっているふうでもない。「蜩や」とあるので、山に近い寺が想像される。夕方は早く日が翳り、御仏飯のあたりも暗くなるのだろう。

僧酔うて友の頭撫づる月の縁

「ホトトギス」
大十四・二

15

酔った僧が「友の頭」を撫でる。月見の宴の後、縁に腰かけて酔いを覚ましているのかもしれない。

「友」は俗人とも朋輩の僧とも解せるが、僧が僧の頭を撫でていると解したい。月は明るく、僧たちの頭はつやつやしている。寺の縁側もつややかに拭きこまれていることだろう。

捨てし身や焚火にかざす裏表

「ホトトギス」
大十四・四

世を捨てた身を焚火にかざす。「裏表」は自分の体を客観視している。

二十七歳の作。茅舎の発病は三十歳を過ぎてからである。「捨てし身」という意識は病気ではなく仏教の影響か。同時入選句の「笹鳴や呪文となへて子守沙弥」も佳品。子守をしている沙弥（未修行の少年僧）が何やら呪文を唱えている。笹鳴と呪文と、音に音を取り合わせた句である。

寒月や穴の如くに黒き犬

「ホトトギス」
大十四・五

17

夜に見る黒い犬を「穴の如く」と形容した。寒月の明るさの裏返しである。同時入選句の「寒月や見渡すかぎり甃」も景を描きつつ、寒月に相対した気持ちの高ぶりが感じられる。これらと並び「梵妻の沙弥あまやかす小夜時雨」のような人間くさい句が入選している。茅舎の「ホトトギス」入選句は句柄の振幅が大きい。虚子選の度量と、選者と作者が相切り結ぶような緊張関係がうかがわれる。

夜店はや露の西国立志編

「ホトトギス」
大十四・十一

18

スマイルズ著『西国立志編』第一章に「自から助くる精神は、人々の真の発達の原動力となるものだ、そして此精神が多数の人々の生涯に顕るれば、国家の元気と力とは従って増進する」とある（東亜堂書房『新訳西国立志篇』大正五年）。明治の精神を体現するような本だが、いつしか夜露に湿った古書として売られている。この句から茅舎自身の蹉跌した青春への思いを汲み取る評者もいる。

大年の常にもがもな弥陀如来

「ホトトギス」
大十五・三

雑詠句評会（以下句評会）で高野素十は、大年の雑踏をよそに平常と少しも変りなく安らかにありたいと弥陀如来に念じた、と解した。虚子は、仏に身を委ねている人の心持ちを現わすのに「常にもがもな」というような言葉を使ったことが適切、と附記している。同時入選句は「時雨るゝや又きこしめす般若湯」「涙ぐむ粥あつ〳〵や小夜時雨」など。当時、茅舎は京都東福寺正覚庵にいた。

病僧やかさりこそりと年用意

「ホトトギス」
大十五・五

病身の僧が正月の支度をしている。弱った体で少しずつ、ゆっくりと。そのさまを「かさりこそり」と詠んだ。庵に独居して身を養っている僧だろうか。茅舎二十八歳の作。茅舎が病身になるのは三十二歳の頃であり、病身の茅舎像を投影すべき句ではない。とはいえ、茅舎は自身が健康であっても、他者の病苦に対する感受性が豊かだったのかもしれない。

金輪際わりこむ婆々や迎鐘

「ホトトギス」
大十五・九

21

迎鐘をつく列に割り込む老婆を見た人々は「あの婆さん、金輪際そこを退かない気だ」とあきれている。老婆自身「金輪際退くものか」と思っている。「金輪際」は、老婆の心持ちであると同時に、老婆の行動を眺めている人々の心をも描いている。同時入選句の「迎鐘ひくうしろより出る手かな」は、鐘をつく綱を引こうとすると、後ろから手が伸びてきて綱をつかもうとする、という場面。

肥担ぐ汝等比丘や芋の秋

「ホトトギス」
大十五・十

22

「比丘」は僧というより修行者。「肥を担ぐお前たちは比丘なのだ」とは、肥を担ぐのも修行なのだと言っているのだろうか。軽く揶揄しつつも、耕作に勤しむ比丘の生活を尊いものとし、同情をもって励まそうとしているのかもしれない。同時入選句に「梵妻や芋煮て庫裡をつかさどる」がある。

ちら〳〵と眼に金《こん》神《じん》や秋の風

「ホトトギス」
大十五・十

23

「金神」とは「土地にまつわる神様で、金神様の鎮まる方位に対してはあらゆることが凶とされ（略）古くから人々に大変畏れられてきました」（春日神社ホームページ）とある。畏怖すべき金神が、秋風の中に「ちら〳〵と」見える。他の人には見えない由々しい神霊が自分にだけ見えるのだとすると、秋風さえ無気味である。神仏に対する茅舎の感覚をうかがわせる作である。

夕粥や時雨れし枝もうちくべて

「ホトトギス」
昭二・四

夕餉の粥を炊くため時雨に濡れた枝を火にくべる。寺に止宿していた頃の隠者のような暮らしが想像される。

昭和九年刊の第一句集『川端茅舎句集』に冬の句は七十二句。そのうち時雨の句は二十四句。秋の句は九十句で、そのうち露の句は二十六句。第二句集『華厳』では時雨の句はめっきり少なく、露の句は依然多い。

蒟蒻に切火たばしる閻魔かな

「ホトトギス」
昭二・九

蒟蒻は閻魔への供物。浄めの切火を描写した「たばしる」は強調した表現だが、「かな」止めの整った句形ゆえ、誇張した印象はない。

同時入選句の「御宝前のり出し給ふ閻魔かな」について、中村秀好は、句評会で「茅舎君に聞くとこれは新宿の太宗寺の閻魔」だと述べている。「日盛や綿をかむりて奪衣婆」も同時入選句。

夜啼する伏せ屋は露の堤陰

「ホトトギス」
昭三・一

26

堤の陰に「伏せ屋」（低く小さくみすぼらしい家）があり、子どもが夜泣きをしている。「露」は夜露である。

同時入選句も夜の句で、一つは「月明し煙うづまく瓦竈」。「煙うづまく」が当り前のようだが力強い。煙が渦巻く瓦窯を月光が押し包んでいる。もう一句は「葛飾の月の田圃を終列車」。「田圃を」の「を」で列車の動きを表現した。葛飾の夜景が美しい。

54 — 55

しぐるゝや粥に抛つ梅法師

「ホトトギス」
昭三・二

27

時雨の寒さの中、粥に梅干を入れた。「抛つ」と大げさに言ったのがユーモラス。「梅法師」は梅干をもじった言い方だが、当時の茅舎が寺に滞在していたことを思えば尚更楽しい。「梅法師」は大きな梅干を思わせる。熱々の粥が美味しそうで、思わず唾を催す。

　同時入選句は「梵妻もまじりて時雨炬燵かな」と「袖乞のしぐれながらに鳥辺山」。ともに時雨の句である。

袖乞のしぐれながらに鳥辺山

「ホトトギス」
昭三・二

28

「袖乞」は自分の袖を広げて物を乞うという意味。たんに「乞食」というのとは違う趣がある。「しぐれながらに」はいくたびも時雨れる空模様。袖乞が時雨の中を歩きさまよっているかのような印象があるのは「ながらに」の効果だろう。鳥辺山（鳥辺野）は平安時代に火葬場があったところ。「鳥辺山心中」で知られる。袖乞（乞食）を登場させながらも古典的雅趣の漂う句である。

通天やしぐれやどりの俳諧師

「ホトトギス」
昭三・三

「通天」は東福寺の通天橋。屋根がある回廊にたたずんで時雨が止むのを待っているのは「俳諧師」。虚子は句評会で「近代の俳人と見ても差支ないが、また月並俳人の宗匠と見ても差支ない」と解している。同時入選句は「時雨来と水無瀬の音を聴きにけり」「かぐはしや時雨すぎたる歯朶の谷」。叙景的なこの二句と比べると「しぐれやどりの俳諧師」は人間くさい作である。

時雨来と水無瀬の音を聴きにけり

「ホトトギス」
昭三・三

「水無瀬」は水無瀬川の名のもとになった水のない川瀬と解したい。水のない砂地にはらはらと時雨が落ちる。時雨の音と別に、水無瀬の川底の下をゆく伏流の音なき音を聴く。おのずから聞こえるのではなく、想像力を働かせて意志的に聴くのである。同時入選句の「かぐはしや時雨すぎたる歯朶の谷」も佳品。時雨に濡れた歯朶の葉から立ち上る冷たい香気を感じている。

しぐるゝや目鼻もわかず火吹竹

「ホトトギス」
昭三・四

火吹竹を一心に吹く顔を「目鼻もわかず」と詠んだ。同年六月号では「しぐるゝや笛のごとくに火吹竹」が入選。四月号の同時入選句は「氷る夜や抱きしめたる菩提心」「欄間より小夜風通ふ蒲団かな」など。寒さに身をすくめるように「抱きしめたる菩提心」。「小夜風通ふ」は身を切るような隙間風。「目鼻もわかず」も含め、冬の寺住まいの折々を、茅舎は俳味豊かに詠んでいる。

牡丹雪林泉鐵のごときかな

「ホトトギス」
昭三・四

「林泉」は「林や泉水などのある庭園」。「鐵のごとき」から想像されるのは暗い鈍色と表面の硬さ。背後の林を映す池の面は「鐵のごとき」冷たさと暗さを湛えている。「林泉」は池も含む庭園全体である。しけっぽい牡丹雪はすぐに消え、庭園は黒々と濡れている。その色合いもまた「鐵のごとき」である。

梅咲いて母の初七日いゝ天気

「ホトトギス」
昭三・五

同時入選句は「骨壺をいだいて春の天が下」。茅舎は日記に「母は特別に僕を可愛がってくれた。嫂なんぞに『あんまり甘やかしすぎる』って攻撃され乍ら、母は頓着なく平気で不公平過ぎるほど僕を可愛がってくれた。そうして僕をこんな不公平過ぎる人間にしてくれたのだ。おまけに而立まだ立てぬ人間が出来て了ったのだ。僕はそれが嬉しくって有難い。僕は母に教育されたとおり其まゝ愉快に一生押し通して見よう。」と記した（小室善弘『川端茅舎』）。

酒買ひに韋駄天走り時雨沙弥

「ホトトギス」
昭三・六

「沙弥」とは未修行の少年僧。「時雨沙弥」は造語。先輩の僧に命じられ、時雨の中を韋駄天走りで酒屋へ急ぐ。同時入選句は「しぐるゝや笛のごとくに火吹竹」と「梅擬つら〳〵晴るゝ時雨かな」。同号の巻頭は阿波野青畝の「葛城の山懐に寝釈迦かな」。他の俳人が春の句を並べた六月号に茅舎は時雨の句を投じた。

眉描いて来し白犬や仏生会

「ホトトギス」
昭三・七

仏生会の人出の中、近所の白犬が現れた。見ると墨で眉が描いてある。子どもの悪戯だろう。春爛漫たる気分が感じられる。同時入選句は「甘茶仏杓にぎはしくこけたまふ」「桜鯛かなしき眼玉くはれけり」。賑わしく使われる杓に当って甘茶仏が倒れたのだ。桜鯛の句は「大根馬かなしき前歯見せにけり」と同じ形。

秋風や薄情にしてホ句つくる

「ホトトギス」
昭三・十

虚子は句評会で「情には薄い。然しながら其の人は俳句をすき好んで作っている。矛盾した所であるようであるが、然しそこに面白みもある」「これ以上は深く言いたくないような心持がする。深く言わぬ所が此句の面白味をそっと壊さずに置くような気持がする」と評した。この句に託された思いを、虚子は「そっと壊さず」に置いたのである。

芋腹をたゝいて歓喜童子かな

「ホトトギス」
昭三・十一

造語と思われる「歓喜童子」は、仏教にある護法童子、金剛童子、善財童子などと同じような語感である。芋で満たした腹を叩いて機嫌の良い子どもの様子が、仏教の何々童子のように茅舎の目に映ったのである。同時入選句の「八方を睨める軍雞や芋畑」「芋の葉を目深に馬頭観世音」「如是我聞大師は芋を石となしぬ」はいずれも芋の句。

芋の葉を目深に馬頭観世音

「ホトトギス」
昭三・十一

38

虚子は句評会で「子供のいたずらのまに〳〵観音様が目深かに芋の葉をかぶって温顔をたたえていられるところにおかし味とやさしい味とがある」と評した。馬頭観音には忿怒の相の像もあるが、虚子が思い浮かべたのは優しい顔の野仏である。「馬頭観世音」という長い名詞が十七音中の八音を占める。「バトーカンゼオン」という、ゆったりした言葉のひびきが句柄に合っている。

78 − 79

親不知はえたる露の身そらかな

「ホトトギス」
昭三・十二

露のようにはかない身に親不知が生えた。この年の二月、三十歳の茅舎は母を亡くした。「身そら」に関しては「ホトトギス」大正三年十二月号に村上鬼城の「柿売て何買ふ尼の身そらかな」が入選している。十代の茅舎はこの鬼城の句を目にしていたのだろうか。後年、茅舎は「自然薯の身空ぶる〳〵掘られけり」とも詠んでいる（「ホトトギス」昭和五年二月号）。

狐火に俥上ながらの添乳かな

「ホトトギス」
昭四・四

狐火が現れた夜道、人力車に乗った婦人が赤ん坊に乳をふくませている。山口誓子は「現実にあり得ることだが、作者の、幻想の世界かも知れぬ」(『俳句鑑賞入門』)という。同年三月号の雑詠では松本たかしの「狐火の減る火ばかりとなりにけり」が巻頭。たかしの句を、虚子は句評会で「写生句でありながらも、余程空想化された句」と評した。茅舎の掲句も同様であろう。

雪晴の障子細目に慈眼かな

「ホトトギス」
昭四・五

この句と「春の夜やちよろりと出づる御蠟番」「春の夜や女に飲ます陀羅尼助」などで三席入選。陀羅尼助は胃腸薬。それを女に飲ます男とその女は親しい関係だろう。その背景に寺の暮らしがあると思うと興味深い。「慈眼」の人も婦人かもしれない。雪晴の日、障子の隙間からこちらを見ているのだ。高野素十の「ある寺の障子ほそめに花御堂」は昭和三年六月号所収。

子守沙弥心経うたふおぼろかな

「ホトトギス」
昭四・五

先に引いた「笹鳴や呪文となへて子守沙弥」と同様、掲句は子守をさせられている仏道修行中の少年が、子守唄のかわりに心経をうたうように唱えている。赤ん坊に仏徳を施そうとしているのかもしれないし、子守の疲れや嫌さを紛らわせるためヤケになって心経を唱えているのかもしれない。一切を「おぼろ」が優しく包む。

蟻地獄見て光陰をすごしけり

「ホトトギス」
昭四・八

雑詠巻頭。「見る」「過ごす」という、それだけではさほど意味を持たない二つの動詞が眼目である。蟻地獄を見ながら時を過ごす。そこに逃れ難い茅舎自身の生がある。同時入選句は「暖かや飴の中から桃太郎」「麗かや砂糖を掬《す》くふ散蓮華」など。飴の断面に桃太郎の顔が現れる句には「暖か」。砂糖の粒の輝きを見せた句には「麗か」。「暖か」と「麗か」を使い分けている。

秋風や袂の玉はナフタリン

「ホトトギス」
昭四・十一

44

袂を探ると玉のようなものがあった。ナフタリンだった。秋になって取り出した着物に防虫剤が残っていたのだろう。「秋風」に季節感がある。「袂」「玉」「ナフタリン」の夕の音の繰り返しが、弾むような調子をもたらしている。詠まれた事柄は些事である。そのような些事に興を見出すことが、俳人茅舎の生の一面であった。

たらたらと日が真赤ぞよ大根引

「ホトトギス」
昭五・三

45

「生馬《いきうま》の身を大根でうづめけり」「大根馬菩薩面して目になみだ」などで三席入選。「たら〳〵」は日が沈む様子。大根を引く人への労わりも感じられる。「生馬」も「大根馬」も「深いペーソスを奏でている」（山本健吉『現代俳句』）。「生馬」の句は人が「生馬の身」を大根で埋めたのだが、生馬が己の身を大根で埋めたとも読める。その場合「生馬の、身を大根でうづめけり」と、上五でしっかり切って読みたい。

蚯蚓鳴く六波羅密寺しんのやみ

「ホトトギス」
昭五・十

「六波羅密寺」という字面と、ロクハラミツジという音が何となく無気味。仮名書きの「しんのやみ」はシンノヤミと声に出すような印象がある。字面と音の響きが読み手を闇に引き込む。同時入選句「蚯蚓鳴く御像は盲させ給ふ」の、盲目となった高僧の視界は常の闇。その耳にも蚯蚓の声が聞こえる。

蚯蚓鳴く人の子寐まる草の庵

「ホトトギス」
昭五・十

茅舎には「放屁虫エホバは善《よし》と観《み》たまへり」（「ホトトギス」昭和七年七月号）、「花杏受胎告知の翅音びび」（「ホトトギス」昭和十四年八月号）などキリスト教に取材した作がある。信仰の師であった島丈道宛の手紙ではソドムとゴモラに触れている（「ホトトギス」昭和十三年一月号）。そういう茅舎だから、「人の子」は、人の子として受肉した神の子イエスとも思える。「露径深う世を待つ弥勒尊」の弥勒もそうだが、茅舎の句においては、聖なる存在が身近なところに身を潜めている。

白露に金銀の蠅とびにけり

「ホトトギス」
昭五・十一

48

この句と「白露に阿吽《アウン》の旭さしにけり」「露の玉百千万も葎かな」「ひろ〴〵と露曼荼羅の芭蕉かな」などで巻頭。茅舎の数ある露の句のどれを好むかは読み手次第。

金銀の蠅は蠅の中でも憎々しい部類だが、露とともに詠まれるとむしろ清浄さを感じる。「白露」の「白」と「金銀」が響き合う。飛ぶに決まっている蠅をあえて「とびにけり」と詠んだ下五の切れが心地よい。

新涼や白きてのひらあしのうら

「ホトトギス」
昭五・十一

49

巻頭五句のうち露の句が四句あり、白露の「白」がこの句の「白き」に及んでいるような印象がある。

日に焼けていないてのひらとあしのうらの白さ。それは肉体の虚弱さをも思わせる。「新涼や」は、ひ弱な体で夏を乗り切ったことに対する安堵である。さらには新秋の気配が作者のひ弱な体に浸透していくかのようにも感じられる。

しん〳〵と雪降る空に鳶の笛

「ホトトギス」
昭六・三

50

雪が降る空に鳶の鳴声が聞こえる。春や秋には心地よく聞こえる鳶の声を寒々とした空に配した。「しん〳〵」はありふれたオノマトペだが、ぴったりはまると効果的。その点は「ひら〳〵と月光降りぬ貝割菜」の「ひら〳〵」も然り。下五は「鳶の啼く」ではなく「鳶の笛」。「フエ」という、震えるような音が雪降る空の冷たさに通う。

102 — 103

大根馬かなしき前歯見せにけり

「ホトトギス」
昭六・四

51

句評会では「目たゝきをしておとなしや大根馬　つや女」と並べて取り上げられた。席上、鈴木花蓑は「人間ならば袖を蔽うて泣くと云うこともあるが、馬にはそう云う自由を許されてないから只イーと前歯をむいてかなしみの表情を見せた」と鑑賞。虚子は「馬は無心であろうが、それを眺めた作者が情を移した」と評した。「かなしき」は、馬がかなしがっているわけではなく、虚子の言うように、作者が馬をかなしい存在と見たのである。

一枚の餅のごとくに雪残る

「ホトトギス」
昭六・五

この句と「月の雪あを〳〵闇を染めにけり」「物蔭に月の雪あり一とちぎれ」「白雪を冠れる石のかわきをり」の四句が入選。解けかけた雪が伸し餅のように白く平たく残っている。色と質感だけでなく、形まで含めて「餅のごとく」である。「ごとく」を得意とする茅舎の句の中にあって、「餅のごとくに」は他愛ないが、比喩の明瞭さに加え、その稚気を愛すべき作品である。

白雪を冠れる石のかわきをり

「ホトトギス」
昭六・五

石に被さった雪が解け、解け残った雪が石の上に載っている。雪の載ったところを除き石は乾いている。字数を節約し甘い語感を避けるなら、「白雪」でなく、たんに「雪」としたはず。しかしこの句では「冠れる石のかわきをり」という手堅い描写が「白雪」の甘さを消している。それにもまして「白雪」の「白」の色感と乾いた石の質感とが映え合っている。「白」の一字ゆえ句の世界が明るいのである。

定斎売畜生犬の舌垂る丶

「ホトトギス」
昭六・十

定斎は夏の諸病に効くという煎じ薬。定斎売はその煎じ薬の荷を天秤棒でかついで売り歩く行商人。暑さのなか、疲労困憊して歩いてゆく定斎売の目にとまったのは、同じように暑さに喘いで舌を垂らした犬。その犬を、定斎売はどう眺めたのだろうか。「畜生犬」は、犬に対する憐憫と蔑みの混じった定斎売の心の呟きだろう。

金剛の露ひとつぶや石の上

「ホトトギス」
昭六・十二

55

雑詠巻頭。「金剛」とは「極めて堅固でどんなものにもこわされないこと」。「金剛の」は直後の「露」だけでなく、「露ひとつぶや石の上」という中七下五全体を形容する。音読するさいは「金剛の、露ひとつぶや石の上」と、上五でしっかり切って読みたい。

「金剛の」が句の中心だが、仮名書きの「ひとつぶ」のやさしさと、「石の上」の素っ気なさもこの句の魅力。

草摘の負へる子石になりにけり

「ホトトギス」
昭七・五

56

子守をしながら草摘みをしている。背中の子は眠ってしまって石のように重い。芥川龍之介の「きりしとほろ上人伝」（大正八年）では大男が童子を肩に乗せて荒れ狂う大河を渡る。童子はだんだん重くなり、大磐石の如くになる。命がけで向う岸に着いた大男に、童子は自分が「えす・きりしと」だと告げる。茅舎がこの小説を読んだかどうか。もしかすると、背中の子は子泣き爺かもしれない。

舷のごとくに濡れし芭蕉かな

「ホトトギス」
昭七・十

直喩を得意とした茅舎の句の中でも、比喩の直截さが際立った作。芭蕉の大きな葉が濡れそぼっている。それを「舷」に喩えた。芭蕉全体が大きな帆船か何かのようであり、芭蕉の大きな葉は船の舷側の大きな板のようでもある。舷側の板が波に濡れるように、芭蕉の葉は雨露に濡れる。「舷」はフナバタかフナベリか。バショウのバの音と響きを合わせるならフナバタと読みたい。

夏氷鋸荒くひきにけり

「ホトトギス」
昭七・十一

氷屋の当り前の景を詠んだこの句が生き生きとして見えるのは「鋸荒く」という描写のゆえ。ナツゴオリ・ノコギリアラク・ヒキニケリという音の響きが力強い。ナとノとニ、ゴとギ、リとリとラとリなど、ナ行、ガ行、ラ行の交ざった子音がごつごつした響きをもたらしている。このような音の効果は言葉を並べるときに最初から狙うものではなく、結果的に授かるのだ。

白露に薄薔薇色の土龍の掌《て》

「ホトトギス」
昭八・一

59

同時入選句は「白露が眩ゆき土龍可愛らし」「日輪に露に土龍は掌を合せ」「露の玉ころがり土龍ひっこんだり」。一連の句を見ると土龍は生きているようだが、鑑賞者によって土龍の生死は分かれる。翌月の句評会で楠目橙黄子は「土の上に遊んで居る土龍」と言い、虚子は「地表に死んで居る土龍」と解した。塚本邦雄は「ひくひくと戦く土龍の掌と腹とその魂」（『百句燦燦』）と言う。

灌仏や鳶の子笛を吹きならふ

「ホトトギス」
昭八・六

同時入選句は「大銀杏無尽蔵なる芽ふきけり」「春雷や牡丹の蕾まつ蒼に」「春の夜の秋より長し草の庵」。翌月の句評会で虚子は「仏が生れた、鳶の子も亦生れた、と此作者は観たのである」と鑑賞している。釈迦の生誕も含めた生命の悦びを一句に託すべく、この世に鳶として生まれ来た鳶の子が笛の吹き方を習い始めた、と詠んだのである。

ぼうたんのまへに嶮《けは》しや潦

「ホトトギス」
昭八・七

牡丹の花の前に出来た潦が「険しい」とはどういう意味だろうか。句評会で草田男は、潦は「磨きにみがいたように空の色を映して清くけわしく冴え切っている」、虚子は「豊麗な牡丹に対して潦をけわしく感ずる」と解した。はじめに「ぼうたんのまへに嶮しや」と言っておいて、険しいのは一体何かと読み手に思わせておいた上で、種明かしのように「潦」という文字が現れる。

翡翠の影こん〳〵と溯り

「ホトトギス」
昭八・八

62

虚子は句評会で「水がこん〳〵と流れて居る、其水の流れは見ないで、影がこん〳〵と溯って居ると観じた」と解した。石原八束は「（翡翠が）影を水面の上に落としながら、その水流をさかのぼってゆく」と解した（『川端茅舎』桜楓社）。翡翠は静止しているのか（虚子）、移動しているのか（八束）。翡翠らしい姿は虚子の解釈だが、その場合、「溯り」は「溯っているように見える」という意味である。

蛙の目越えて漣又さゞなみ

「ホトトギス」
昭八・八

水面に目だけを出した蛙。その目をいくたびも細波が越えて行った。「漣」と「さゞなみ」はリフレインの単調さを避け、字面に変化を持たせた。「漣又さゞなみ」という技巧の目立つ掲句とともに、虚子は「漣の中に動かず蛙の目」を採っている。「漣の中に動かず」というけれん味のない描写も捨てがたかったのだろう。

夕紅葉我が杖月のかげをひき

「ホトトギス」
昭九・二

杖を手にした茅舎の写真がある。「我が杖」とあるので杖の主は茅舎自身。肉体の弱さを象徴する「杖」を荘厳した作。皓々たる月夜だと月かげをひく杖は絵になり過ぎる。そうではなく、杖にさすのは夕月のそこはかとない光。写実と美意識が相俟った作である。松本たかしの「月光の走れる杖をはこびけり」「秋晴の何処かに杖を忘れけり」は洒脱だが、写実の確かさは茅舎の句にある。

星亭墓前に大き糞凍てぬ

「ホトトギス」
昭九・三

雑詠欄に現れたこの異様な句は「時雨来と大木の幹砥の如し」「熊笹のさゝへり白し時雨ふる」「とび下りて弾みやまずよ寒雀」と並んでいる。政治家星亨の死は暗殺だった。殺しても足りないかの如く、墓前に「大き糞」があった。星の墓と知っての所業であろうか。
季語の「凍てぬ」によって糞の汚らしさはいくぶん緩和され、辛うじて「花鳥諷詠」にとどまっている。

㈟茅舎自身は「墓の前で異様のものを発見した時に僕は決して嬉しくなかった」「本当に皮肉な奴は目前の事実で決して最初からこの句の作意にはない」と自解している（「俳句研究」昭和十二年十月号）

寒月の砕けんばかり照しけり

「ホトトギス」
昭九・四

寒月そのものを描写した作。皓々と照る月を見ていると、光の破片が降ってくるような気がする。その凄まじく輝くさまを「砕けんばかり」と詠んだ。砕けるという大仰な措辞の後、一句を破綻させずに収束するため、下五は敢えて平凡に「照しけり」と叙した。「砕けんばかり」という激しい表現によって生じた言葉の波紋は「照しけり」によって静かな余韻となる。

土不踏《つちふまず》ゆたかに涅槃し給へり

「ホトトギス」
昭九・五

同時入選句は「足のうらそろへ給ひぬ涅槃像」。「涅槃像」は静的。いっぽうの「涅槃し給へり」は入寂しつつある変化の相である。

土不踏が「ゆたか」なのは仏の相。土不踏に肉の厚みがある。偏平足なのだ。「ゆたか」という一語は、死してなお円満な釈迦の肉体を生々しく感じさせる。

「足のうらそろへ給ひぬ涅槃像」の質朴な詠みぶりも捨てがたい。

花の奥鐘の響を撞きにけり

「ホトトギス」
昭九・六

鐘を撞くのであって響きを撞くのではない。しかし「鐘の響」を撞くと言われると、咲き満ちた花の向こうから鐘の響きがやって来るような感じがする。蕪村に「涼しさや鐘をはなるゝかねの声」がある。『定本川端茅舎句集』に「花の中鐘のひゞきを撞くが見ゆ」とあるが、「花の中」より「花の奥」のほうが、また「撞くが見ゆ」より「撞きにけり」のほうが、より厚みのある表現だと思う。

大空へ鳩らんまんと風車

「ホトトギス」
昭九・六

69

「大空を」「大空に」「大空は」ではなく「大空へ」鳩が舞いたつ。「桜花爛漫」「天真爛漫」などと使う「らんまん」を無数の鳩が舞い上がるさまに用いた感性に驚く。境内（作者自解では池上本門寺）で子連れの参詣客を目当てに風車を売っているのだろう。「らんまん」の語を得て、風景は至福の相を帯びる。飛び立つ鳩が起こす風が風車に吹きつけるかのようだ。景は動的だが、動詞は使われていない。

140 — 141

法師蟬しみ〴〵耳のうしろかな

「ホトトギス」
昭九・十

法師蟬の声を聞くときの心持ちとして「しみぐ〱」は新鮮である。「耳のうしろ」は巧みな空間把握。虚子の「秋風にふえてはへるや法師蟬」と同様、秋季とされる法師蟬のあわれを感じさせる作。

十七音のうち九音が「い段」であり、響きが鋭い。「閑さや岩にしみ入蟬の声」も七音が「い段」である。

鵙の野に鉄塔エレキ通はする

「ホトトギス」
昭十・一

巻頭二席。野に立つ送電鉄塔が電気を通わせる。電気のビリビリした感じと鵙の鋭い声とが響き合う。「電気」を「エレキ」と言ったのは一寸した洒落っ気だろうか。「エレキ」のほうがビリビリ感は強い。

同時入選句は「鉄塔に電線に鵙多摩遥か」「草紅葉瑠璃光の水ひろごりぬ」「芭蕉の脊嶮にして露ひしくと」「芭蕉葉の脊梁走り鶲飛ぶ」。

冬薔薇やがらんどうなる梅の幹

「ホトトギス」
昭十・二

いっぽうに冬薔薇がある。別に梅の古木があり、その幹が空洞になっている。

上五の「や」をはさんで冬薔薇と梅が無関係に並ぶ。それが冬の庭園のあるがままである。冬薔薇と梅の幹が同等の重みを持つこの句、無中心・無加工のようであるが、「がらんどう」という言葉がよく響いている。

月の寺鮑の貝を御本尊

「俳句研究」
昭十・五

月の光がさすその寺は鮑の殻を寺宝として祀る。その鮑は日蓮が乗った船の穴を塞いで海難から救ったという伝説の鮑。「夢窓国師」のうちの「鮑の祖師」四句の一句。同時作に「春月や髪ふりみだし太鼓打つ」「春月や髪ふりみだし御題目」など。初出は「春月や鮑の貝を御本尊」だったが、句集『華厳』では「春月や」を「月の寺」に改めた。「月の寺」とすることで「月」のイメージが純化され、句が引き締まる。

糞壺の糞の日に寂び霜に寂び

「ホトトギス」
昭十一・三

同時入選句に「寒の土紫檀の如く拓きけり」「矍鑠と手袋に鍬軽く提げ」がある。田畑の景を詠んだ句だとすれば「糞壺」は肥溜め（野壺）と思われる。糞壺の中身が日を経つつ下肥となってゆく過程を「日に寂び霜に寂び」と詠んだのだろう。「寂び」という「高尚」な言葉を「糞」に用いたところに茅舎らしい俳味がある。季語の「霜」が、句が卑俗に堕ちるのを救っている。

春月のくまなき土に雪一朶

「ホトトギス」
昭十一・六

75

「一朶」はひとかたまり。春の月が明るく照っている土の上に一塊の雪が残っている。「春月」「くまなき」「一朶」という強い響きの言葉を巧みに用いた張りのある作。同時入選句に「古萱に雪の円座の残り居り」がある。萱叢の中の残雪を「円座」に喩えたが、季語に「春月」を据えた掲句のほうが直截かつ新鮮。

飛燕鳴き電線竹の穂に触るゝ

「ホトトギス」
昭十一・十

燕が鳴き飛んでいる。町の空の電線に伸びて来た竹の穂先が接触している。「鵙の野に鉄塔エレキ通はする」もそうだが、電気のビリビリした感じを意識した句とも思える。同時入選句は「繽紛と飛燕の空となりにけり」。燕の飛び交うさまを「繽紛と」と形容した。漢語に頼った「繽紛と」よりも、燕と電線と竹の穂を無造作に並べた「飛燕鳴き」のほうが、句として強靱であろう。

朝靄に梅は牛乳《ちち》より濃かりけり

「ホトトギス」
昭十二・五

77

朝靄に梅の白さが目立つ。その白さが牛乳より濃厚だというのである。靄、梅、牛乳という白っぽいものが並ぶ。朝靄と梅は身近な句材だが、張り詰めた気息が感じられる。一つには「濃かりけり」の切れのゆえ。もう一つは「牛乳より」という形容のゆえ。「牛乳」は白いものの代表として平凡とも思えるが、むしろ、あえて平凡を恐れない図太さを感じる作である。

ぜんまいののの字ばかりの寂光土

「ホトトギス」
昭十二・七

78

同時入選句は「瑞々しぜんまい長けて神ながら」。ぜんまいが長けたのは「神ながら」（神意のまま）というのである。いっぽう「寂光土」は仏の世界。「ぜんまいの原に、茅舎は仏を見た」（山本健吉『現代俳句』）のである。「寂光土」はそれだけでは一種の観念だが、「のの字ばかり」という可笑しみのある描写が加わることによって生彩のある作となった。

158 — 159

さら〳〵と落花つかずよ甃《いしだたみ》

「ホトトギス」
昭十二・七

79

「甃」は平らな敷石を畳のように敷きつめたところ。風に吹かれてゆく落花が、敷石の凹凸に引っかかることなく、サラサラと吹かれ過ぎてゆく。「さら〳〵」はありきたりなオノマトペではあるが、そのベタなところが読者に共感され易く、句の強さになっている。

160 − 161

世捨人目刺焼く瓦斯ひねりたる

「俳句研究」
昭十三・三

「デユーラーの崖」三十三句の一句。目刺を焼くためにガス栓のツマミをひねった。「一聯の目刺に瓦斯の炎かな」は「ホトトギス」昭和十年六月号所収。「世捨人」と自称しつつガスを使うところに自嘲と可笑しみがある。同時発表作に「あを〳〵と卵の上の目刺かな」「草庵の足らず事足る目刺かな」など。

殺生の目刺の藁を抜きにけり

「ホトトギス」
昭十三・四

81

いそいそと目刺を焼いて食う独居俳人。「殺生の」という上五により、平凡極まりない中七以下が俄然生彩を放つ。「殺生」とは観念ではなく、目刺の眼窩を藁が貫くことがすなわち殺生なのだ。写生とは忠実に物を写すことばかりではなく、「殺生」という観念に生々しい実感を与えることも一種の写生である。

胡瓜もみ蛙の匂ひしてあはれ

「俳句研究」
昭十三・六

82

「微熱の掌」十句の一句。同時発表作は「草庵の野菜サラダよ初蛙」など蛙の句が七句と「死相ふとつら〱椿手鏡に」「沈丁や死相あらはれ死相きえ」の二句。

掲句、胡瓜の青臭い匂いや色艶から青蛙を連想した。滑稽味もあるが、胡瓜もみを食って生き存えている病身の日常を「あはれ」と感じてもいるのだろう。

雪の中膏《あぶら》の如き泉かな

「俳句研究」
昭十四・二

昭和十四年一月一日、病身の茅舎は「厳冬の日光山を志してその決死的な写生行を敢行」した（石原八束『川端茅舎』桜楓社）。その成果を「俳句研究」に「日光山志」五十句として発表。掲句はそのうちの一句。

とろみを帯びたように静謐な雪中の泉の水面を「膏の如き」といった。前出の「牡丹雪林泉鐡のごときかな」と似た手法である。

寒凪の夜の濤一つ轟きぬ

「ホトトギス」
昭十四・四

寒中の夜の凪の海から不意に一つの大きく重い波音が聞こえた。静かな海に大きな力が潜んでいる。その感じを「夜の濤一つ轟きぬ」と力強く描き出した。

昭和十四年二月、和歌山での吟。同時入選句は「寒月の岩は海より青かりき」「紀三井寺漁火の上なる春灯」「蕩々と旅の朝寝や和歌の浦」。

花杏受胎告知の翅音びび

「ホトトギス」
昭十四・八

杏の花に蜂が来ている。「受胎告知」は蜂による受粉からの連想であろう。宗教画の「受胎告知」には天使が描かれている。「翅音」から天使の翼を連想する。受胎告知のおり、聖母は天から舞い降りて来る天使の翼の音を聞いたことであろう。

絵画的なイメージや宗教的な気分を伴った句だが、下五の即物的な「翅音びび」によって、読者は、眼前の花杏と蜂の景に引き戻される。

芍薬へ流眄の猫一寸《ちょっと》伝法

「ホトトギス」
昭十四・八

86

「伝法」とは勇み肌で、多く女性についていう。虚子は句評会で「猫がのそ〳〵歩いて来て芍薬の方へちょっと流し目を呉れた、それが如何にも伝法に見える」「歩いて来ておる猫と想像される処は此句の意気がそうさせるのである」と評している。たしかに、歩きながらの流し目であれば「伝法」とも感じられるであろう。

174 — 175

菊日和道を放射に環状に

句集『白痴』

昭和十四年作。同時作の「菊日和シヤベルは砂利を掻鳴す」は道路工事であろうか。「シヤベルは砂利を掻鳴す」という即物的な描写が力強い。

いっぽう掲句は菊日和というべき秋晴の下、道路の工事が放射状あるいは環状に進んでゆく。近代都市の人工美と「菊日和」との配合に意外性がある。「放射に環状に」という無機的な語感が新鮮。

鳥蝶けはひは人とことならず

「ホトトギス」
昭十四・十

「疑い深い人間の性を烏蝶のけはいに見たのであろうか」とは山本健吉『現代俳句』。虚子は句評会で、茅舎は「無生物を生物と観、動物を人間と観る、というような傾きの多い人である」「けはひ、ということに重きを置いて叙してある点が魂である」と評した。

「けはひは人とことならず」という口吻に、漆黒の蝶の出現にハッと驚く気持ちがよく表れている。

銀翼いま笏の如しや露の空

「ホトトギス」
昭十四・十一

89

同時入選句は「航空路わが軒端にぞ露の庵」「銀翼も芭蕉も露に輝きぬ」など。飛行場のある羽田から遠くない池上に住んだ茅舎は頭上に定期航空路をゆく「銀翼」を仰ぎ見たのであろう。飛行機の翼が、衣冠束帯の人の持つ「笏」という板のようだというのである。金属の光沢を思わせる「銀翼」が「露の空」とよく響き合っている。

鉦叩また絶壁を落ちし夢を

「ホトトギス」
昭十五・一

90

夜中にハッと目覚めた。鉦叩が聞こえる。一度ならず絶壁を落ちた夢を見た。その夢は不安な心理の反映だろうか。鉦叩から間髪を容れず絶壁の夢に転じたところに句作の冴えを見る。鉦叩を詠んだ茅舎の句には「鉦叩驚破《すわ》やと聴けど幽《かすか》かな」「鉦叩落葉の底にきこゆなり」「月出でて四方の暗さや鉦叩」などがある。いずれも作者が鉦叩に耳を澄ます様子を彷彿とさせる。

よよよよと月の光は机下に来ぬ

「俳句研究」
昭十五・一

「月光採集」二十四句の一句。「よよよよと」は特異な擬態語。「びびびびと氷張り居り月は春」もある。

机の下までくっきりと月のさす様子を「よよよよ」といった。動的な感じがする「よよよよ」は、早送りの映像で畳の上を月影が移る様子を見るようである。あるいは、はるかな空から月光が棒のように伸びて来るかのようでもある。

手くらがり青きは月の光ゆゑ

「俳句研究」
昭十五・一

「月光採集」の一句。同時発表作に「月光は灯下の手くらがりに来し」がある。ふつうは明暗として把握される手暗がりに月光の青さを見てとった。電灯の光の届かないところに月光が及んでいるのだ。

茅舎の死の前々日の深夜に茅舎に呼び出された深川正一郎は、庵内の様子を「電球に風呂敷をかけ少し暗く、机の上に雑誌の封を切らないものが積み上げてある」と記している（「ホトトギス」昭和十六年九月号）。

朴落葉して洞然と御空かな

「俳句研究」
昭十五・一

「月光採集」の一句。朴の落葉が降ってくる。朴の木をうち仰ぐ。青空が「洞然」とある。「洞然」とは「つつぬけにひらけているさま」(『漢字源』)。同時作に「純粋に木の葉ふる音空は瑠璃」がある。

情景の描写はほとんどなく、「洞然と御空かな」という言葉の響きだけで読ませる。「洞然」を用いた句には虚子の「鶯や洞然として昼霞」、阿波野青畝の「啓蟄の土洞然と開きけり」などがある。

これやこの露の身の屑売り申す

「ホトトギス」
昭十六・二

同時入選句は「白露や屑買はんとて礼を作し」「屑を売り輝く露の御空かな」「散紅葉草の庵の屑を売り」。はかない露の身でささやかな屑を売った。「露の身の屑売り申す」で内容は完結している。「これやこの」というおどけた調子がペーソスを醸す。「露の身」の「露」に季節感は乏しい。しかし「露」とある以上、秋の露の季節感を背景に置いて鑑賞したい。

咳かすかかすか喀血とくとくと

「ホトトギス」
昭十六・三

95

同時入選句は「寒夜喀血みちたる玉壺大切に」「寒夜喀血あふれし玉壺あやまたじ」など。「かすかかすか」が咳の弱々しさと肉体の衰弱を、「とくとくと」が喀血のはげしさを物語る。「火の玉の如くに咳きて隠れ栖む」（「ホトトギス」昭和十五年五月号）のように言葉の勝った句より、「かすかかすか」と「とくとく」を対照させた掲句のほうに凄みを感じる。

約束の寒の土筆を煮て下さい

「俳句研究」
昭十六・三

「心身脱落抄」のうちの「二水夫人土筆摘図」と題する作の一句。門下の俳人の夫人が寒の土筆を食べさせる約束をしたのだろう。

茅舎には境涯と無関係に鑑賞し得る句が多いが、この句は、病む茅舎と彼を慕い労わる人々との交情があったことを想像して鑑賞したい。山本健吉『現代俳句』は「俳句らしい技巧を棄てて、病者の小さな、だが切ない執念だけが玲瓏と一句に凝った」と評している。

朴散華即ちしれぬ行方かな

「ホトトギス」
昭十六・八

散った朴の花が樹下に見当らない。叙景であり死生観の表明でもある。虚子は「茅舎終に逝く。常人であったならばもう夙くの昔に死んでいるべきを、其念力の強さに、よく病魔に打ち勝って、今日まで生き延びたことは洵に偉なりというべきである。此句澄み渡った心境に生れたもので、聖者の如き感じの句である。辞世の句とも見ることが出来る」と評した（「ホトトギス」昭和十六年九月号）。

洞然と雷聞きて未だ生きて

「ホトトギス」
昭十六・九

98

雑詠巻頭。同時入選句は「夏痩せて腕は鉄棒より重し」と「石枕してわれ蟬か泣き時雨」。

大空の深みから雷鳴がつつぬけに聞こえて来る感じを「洞然」と言った。雷を聞くことが生きていることの確認なのである。「聞きて」「生きて」の対句にリズム感がある。重篤な病状で詠んだ句でありながら、言葉は生動している。

夏痩せて腕は鉄棒より重し

「ホトトギス」
昭十六・九

「夏痩せる」という動詞はないので「夏、痩せて」と読みたい。深川正一郎は死の二日前の茅舎を訪ね、最後の句稿を代筆した。その折、茅舎は右手で左手を持ち上げて見せた。「もう骨だけで細い〳〵棒である、そんなに痩せているくせに片っ方の手が鉄のように重いのだそうで右の上膊を立て丶胸の上で左の肘のところを支えている」と正一郎は記している（「ホトトギス」昭和十六年九月号）。

石枕してわれ蟬か泣き時雨

「ホトトギス」
昭十六・九

「石枕」については陶枕、枕が硬い、衰弱のため枕が石のようだ等々の鑑賞がある。石を枕にころがっている落ち蟬のように、自分自身も「石枕」に臥していると読むことも可能だろう。

「泣き時雨」は蟬が鳴くと「われ」が泣くを掛けている。「時雨」は蟬時雨や木の葉時雨と同様、泣きの涙が時雨のようだというのである。茅舎は最後まで言葉を操る「俳諧師」であった。

茅舎は虚子をどう読んだか――「花鳥巡礼」の謎

川端茅舎は高浜虚子が見出した俳人である。茅舎と虚子の関係は茅舎が作者であり、虚子が選者であった。ところが虚子が作者で茅舎が評者であった場合がある。それは「花鳥巡礼」においてである。

茅舎の「花鳥巡礼」は「ホトトギス」昭和八年十二月号から十一年九月号にかけて連載された。虚子は昭和八年十二月号の消息欄にこう記している。

「花鳥巡礼」は茅舎君の俳話であって、之も亦今後当分の間続載したいと思う。茅舎君のみならず、たかし君も此種のものに筆を執るようになるかも知れぬ。この二君の如き健康が許さぬ為に雑詠句評会等にも出席出来ぬ状態にある人々の言わんと欲する処を聞きたい為に、特に両君に寄稿を需めた次第である。

「花鳥巡礼」で茅舎は頻繁に虚子の句に言及した。これを石原八束は次のように批判している。


この虚子礼賛文は、自からが信奉する花鳥諷詠と、劉生、白樺派流の画論にのみひたすらこりかたまって、文芸の本来にあるべき、なくてはならない自由な詩的批評精神を自から締め出し、制圧して、さながら狂信的に独走している傾向がかなり露骨に目立つのを、僕は茅舎のために惜しんでとらない。

（「茅舎の第三期後半の不調と写生俗俳」『川端茅舎』所収）


「花鳥巡礼」に引く虚子の句の選択についても、八束は次のように手厳しい。

「拝跪せんばかりに帰命頂礼する。」ために採りあげている幾多の虚子俳句が、二三の例外を除いてことごとくといっていいほど佳くない。（略）「遠山に日の当りたる枯野かな」及「襟巻の狐の顔は別にあり」の二句くらいを、殆んどその二句を除いて他に見るべき虚子の佳品さえこの「花鳥巡礼」に於てあげ得ないというのでは、その人の批評眼に先ず疑問がわく。

八束が疑問を呈した「虚子礼賛文」とはどのようなものであったか。以下、茅舎が取り上げた句と評を引く。評文はもっと長いが、ここでは端的と思われる一文を引いた。

金魚玉包む煙草の煙かな　　虚子

金魚玉は煙草の煙の中に彷彿と包まれながら浴泉解脱の肉体のように縹渺と自ら息づき感覚する（茅舎）。

藻の花に亀の頭の現れし　　虚子

その亀の頭は真昼ひっそりと過ぎてゆく剃刀研屋の影のように気味が悪い（茅舎）。

八ツ橋に似し橋いやし杜若　　虚子

郊外電車沿線の新遊園地の風景によくあるような安直な板っぺらの八ツ橋を思出す（茅舎）。

日向ぼこしてゐて根太なほさばや　　虚子

自分自身に気取があったならこれ程正直に根太を抱えた肖像を描く事は出来ない（茅舎）。

公園やバナ、の皮に秋の蠅　　虚子

モーパッサンの短篇を読むような妖気と幻滅とを感じさせる（茅舎）。

秋雨の社前の土のよくすべる　　虚子

神へ対する冒瀆ではない。それはレアリストの「礼」である（茅舎）。

よき椅子にどかと落ちこみ花館　　虚子

ここではブルジョアである事が美徳なのである（茅舎）。

*

「花鳥巡礼」に引く虚子の句を、茅舎はどのように選んだのだろうか。茅舎は虚子の句を月々の「句日記」から引いた。たとえば昭和九年二月号の「花鳥巡礼」に引いた「マスクして眼許り光る男かな」等の五句は、昭和九年一月号の「句日記」から拾ったもの。同号の「句日記」は二十七句。このうち「花鳥巡礼」引用句（○）と『五百句』収録句（■）を以下に引く。

描初の壺に仲秋の句を題す　■
マスクして眼許り光る男かな　○
つく羽子の静かに高し誰やらん　■
襟巻の狐の顔は別に在り　○■

悴める手を暖かき手の包む　○
つゞけさまに嚔して威儀くづれけり　■
凍蝶の己が魂追うて飛ぶ　■
雪解くる囁き滋し小笹原　○■
霜解けの道返へさんと顧し　○

「句日記」二十七句のうち虚子自選の『五百句』収録句は六句。「花鳥巡礼」引用句は五句。このうち二句が重なっている。

ある期間（「ホトトギス」昭和九年二～八月号掲載分）を取り出して数えると、「句日記」は全部で三百余句。うち五十句弱が「花鳥巡礼」引用句。「句日記」三百余句のうち十六句が『五百句』収録句である。この十六句は以下の通りで、そのうち八句（○）が「花鳥巡礼」引用句である。

鴨の嘴よりたら〳〵と春の泥　○
立ちならぶ辛夷の莟行く如し　○

神にませばまこと美はし那智の滝
鬢に手を花に御詠歌あげて居り
鶯や御幸の輿もゆるめけん
浴衣著て少女の乳房高からず
舟涼し己が煙に包まれて
燈台は低く霧笛は峙てり
紅梅の蕾は固し言《ものい》はず
子の日する昔の人のあらまほし
虹立ちて雨逃げて行く広野かな
囀りや絶えず二三羽こぼれ飛び
風鈴の音に住ひをる女かな
皆降りて北見富士見る旅の秋
バス来るや虹の立ちたる湖畔村
火の山の麓の湖に舟遊

○○○○○○

この時期の『五百句』収録句の半数が「花鳥巡礼」引用句であり、両者が重なる傾向がうかがわれる。

『五百句』は昭和十二年六月の刊。昭和十年十二月の作までを収録する。いっぽう「花鳥巡礼」は昭和十年七月の作まで拾っている。虚子が『五百句』を自選した時期を昭和十一年頃と推定すると、その過程で虚子が「花鳥巡礼」を参照していた可能性は高い。愛弟子の茅舎が自分の「句日記」の句を評したのだから、読まないはずはないのである。

「花鳥巡礼」は「焼芋がこぼれて田舎源氏かな」「酌婦来る灯取虫より汚きが」「何となく人に親しや初嵐」「神慮今鳩をたゝしむ初詣」「園丁の指に従ふ春の土」「道のべに阿波の遍路の墓あはれ」「藤垂れて今宵の船も波なけん」「緑蔭を出れば明るし芥子は実に」「奈良茶飯出来るに間あり藤の花」などを引く。これらは『五百句』を彩る作品である。「花鳥巡礼」が虚子の佳品を挙げていないと八束は指摘したが、必ずしもそうではないのである。

虚子の「佳品」を挙げていないという指摘に加え、八束は次のように「花鳥巡礼」を批判する。

＊

茅舎のあげる虚子の句には、月並に最も近いような句が多く、この月並を好んでさえいる茅舎の批評には、人生のダークサイドにも、「虚子の非情な人世観照眼にも触れるところがなかった。」と、さきにも挙げた平畑静塔の批判どおりにちがいあるまい。

「月並に最も近いような句」の具体例を八束は挙げていないが、たとえば次のような句はどうだろうか。

春泥のタイヤも遺失物とかや　　虚子

この句を茅舎は次のように評した。

「春泥のタイヤ」は不安混迷の時代に対する先生の嘲笑でも皮肉でもなくそれは全く信貴山縁起の空中を飛ぶ俵のように忽然と警視庁の遺失物となって飛込んだ出鱈目で無軌道で滑稽な怪物の現実を捕縛したのである。

「遺失物とかや」という古風な表現が生ま生ましい現実に綽々《しやくしやく》とゆとりを与えている。

昔三井寺の鐘は弁慶に略奪せられて夜な夜な泣出したのである。それはその鐘自身のところを得なかった為に相違ないのである。警視庁の遺失物としての不安定な不自然なタイヤもまた夜な夜な春泥を恋慕しながら泣出しそうである。そのところを得ないタイヤの姿はさながら一番の傑出した狂言を成就しているのである。

昭和十一年三月号の「句日記」によると、タイヤの句は「昭和十年三月一日、家庭俳句会、警視庁」での吟。同時作は「や丶老いし消防手なり哀なり」と「ドア固く閉して寒し調べ室」。タイヤの句は、矢野蓬矢（警視庁官房主事）の案内で警視庁を見学し、さまざまな遺失物の置かれた倉庫を見ての嘱目である旨を、「ホトトギス」昭和十年四月号の吟行記に虚子自ら書き記している。

このような経緯を知った上で、茅舎は「忽然と警視庁の遺失物となって飛込んだ出鱈目で無軌道で滑稽な怪物」「タイヤもまた夜な夜な春泥を恋慕しながら泣出しそうである」「タイヤの姿はさながら一番の傑出した狂言」と評したのである。

この句、「タイヤも遺失物」という風変わりな事態を詠みつつ、「とかや」という口吻が可笑しみを添えている。

このときの「家庭俳句会」に虚子は「火鉢あり刑事囲みてこちを見る」「水鳥に親しみながら忙しき」「春の日のさしこむ廊下なめらかに」も出句したが、これらは「句日記」に残していない。タイヤの句は「句日記」に残したものの、昭和三十一年刊の『虚子句集』（岩波文庫）の「五百句時代」には収録されていない。夥しい虚子の句の中の埋没した作の一つといえよう。

人顔の定かならずよ枯木中　虚子

枯木の中に立っている、あるいは枯木の中をやって来る人物の顔が定かに見えない、というのである。「花鳥巡礼」はこの句を次のように評した。

僕はこの句から僕の正視出来ない「冬」を感じさせられて背筋に寒さを感じさせられるのである。満目蕭条と真の「冬」の正体を感じさせるのである。

「人顔の定かならず」という状況の持つ淋しさや不可解さを、茅舎は敏感に感得している。いっぽうで「今咲きて黄もはなやかかや月見草　虚子」を次のように評している。

「今咲きて」はイキも継げぬ程に張切っている。「黄もはなやかかや」は全く夕闇を忘れて光り輝いている。

「虚子先生の句には空気があって」と素十先生がいったけど「今咲きて黄もはなやかかや」を説明するには実際そうした空気を説明しなければならない。しかしそれは説明出来ない。

「今咲きて黄もはなやか」は、月見草の印象を平板に述べただけと評されてもしかたない。そこに茅舎は、説明し難い「空気」を見出そうとする。さらに茅舎は次のように言う。

新興俳句も構成連作も大概は種も楽屋も見え透いて製造せられている為に乏しい鑑賞力の俳論家にもやすやす批評を引出す事が出来る。彼等の作品は公式的な俳論家に尤もらしく批評の手懸りがつく程度の社会意識やほとんど流行のような苦悶の影さえ宿している。それゆえそういう作品の構成は乏しい鑑賞力の俳論家にとって全くお誂らえ通りである。そうして公式的な俳論家は又そういう作品の分りきった生活や苦悶の表情を得々と指摘して見せる。

しかし「今咲きて」のような先生の作品は中途半端な批評を引出す手懸りを全く得させない。平明を極めた先生の作品も憖《なまじ》い手懸りを要求する限りたちまち壁立千仞となってしまう。

新興俳句を「種も楽屋も見え透いて製造せられている」と批判しつつ、いっぽうの虚子の句は説明不能な「空気」をまとったとする茅舎の主張は、反論を拒むドグマである。このような茅舎の姿勢を、八束は「虚子礼賛、花鳥諷詠独尊というその狂信ぶりのために、当時俳壇の新詩新風に対しても、茅舎の鑑賞文は甚だしく理解と同情を欠く」と批判した。

＊

茅舎が引いた虚子の句——金魚玉を包む煙草の煙、藻の花に現れた亀の頭、八ツ橋風の安っぽい橋、根太を思いながらの日向ぼこ、路上のバナナの皮にとまる蠅、社殿の前の滑りやすい土、ブルジョア趣味の椅子、遺失物となったタイヤ等々——このような、いわゆる詩的な事柄とはほど遠い事柄が虚子の句において一個の文芸として成り立っていることを、茅舎は見て取った。虚子の句が持つ一種の得体の知れなさの正体を茅舎は看破したのだろうか。それとも八束がいうように、虚子への傾倒が「狂信的に独走している」だけなのだろうか。

茅舎がマグマのような何かを包蔵した作家であることは論を俟たない。「花鳥巡礼」においては、その何かが虚子の句に反応している。
「花鳥巡礼」の初回、茅舎は星野立子の「札幌の放送局や羽蟻の夜」をこう評した。――「放送局で一席演じる作者の姿は田舎まわりの女太夫みたいに淋しく感じさせられる」「重苦しい周囲の空気は、何か食荒した楽屋のような物憂い羽蟻の夜が象徴する」「そうした空気の圧迫は港々で俳諧興行を打って廻って少し疲れた純な感じやすい作者の魂を傷ましめる」――。茅舎には、札幌の放送局の「空気」が見えていたのである。

注記／「花鳥巡礼」からの引用は『川端茅舎全句集』（角川ソフィア文庫）に拠った。

初句索引

季語索引

著者略歴

岸本尚毅（きしもと・なおき）

1961年、岡山県生まれ。波多野爽波などに師事。「天為」「秀」同人。著書に句集六冊のほか、『岸本尚毅作品集成Ⅰ』『「型」で学ぶはじめての俳句ドリル』『ひらめく！作れる！俳句ドリル』『十七音の可能性』『文豪と俳句』『あるある！お悩み相談室「名句の学び方」』など。編著に『室生犀星俳句集』。岩手日報・山陽新聞選者。角川俳句賞等の選考委員をつとめる。

発行　二〇二三年六月二八日　初版発行
著者　岸本尚毅© Naoki Kishimoto
発行人　山岡喜美子
発行所　ふらんす堂
〒182-0002 東京都調布市仙川町一―一五―三八―2F
TEL（〇三）三三二六―九〇六一　FAX（〇三）三三二六―六九一九
URL http://furansudo.com/　E-mail info@furansudo.com

川端茅舎の百句

振替　〇〇一七〇―一―一八四一七三
装丁　和兎
印刷所　創栄図書印刷株式会社
製本所　創栄図書印刷株式会社
定価＝本体一五〇〇円＋税
ISBN978-4-7814-1573-4 C0095 ¥1500E
乱丁・落丁本はお取替えいたします。